Oops & Ohlala

I love school!
Vive l'école!

Une histoire de Mellow
illustrée par Amélie Graux

talents hauts

Oh la la !
Tu as
dessiné
un carré.

Oops!
You painted
it yellow.

5

6

7

8

... cinq,
six, sept,
huit !

Old Mac Donald had a farm! Ee-yi-ee-yi-oh!

On joue à saute-mouton.

Oops!

Oh la la !

Déjà ?
Vivement demain !

Conception graphique : claire!

© Talents Hauts, 2009

ISBN : 978-2-916238-53-1

Loi n° 49-956 du 16 juillet 1949 sur les publications destinées à la jeunesse

Dépôt légal : juin 2009

Achevé d'imprimer en Italie par Ercom